Nextlevel Experts

Quantenheilung für Anfänger
Die geheime Macht zur Heilung und Linderung von Krankheiten und Schmerzen - Der Weg zum reinen Bewusstsein
Quantenheilung richtig anwenden und verstehen

Haftungsausschluss

Die Inhalte dieses Buches wurden mit größter Sorgfalt erstellt. Für die Richtigkeit, Vollständigkeit und Aktualität der Inhalte kann jedoch keine Gewähr übernommen werden. Der Inhalt des Buches repräsentiert die persönliche Erfahrung und Meinung der Autorin. Es wird keine juristische Verantwortung oder Haftung für Schäden übernommen, die durch kontraproduktive Ausübung oder durch Fehler des Lesers entstehen. Es kann auch keine Garantie auf Erfolg und/oder Genussübernommen werden. Die Autorin übernimmt daher keine Verantwortung für das Nicht-Gelingen der im Buch beschriebenen Methoden und Anwendungsmöglichkeiten. Sämtliche, hier dargestellten Inhalte, dienen somit ausschließlich der neutralen Information. Sie stellen keinerlei Empfehlung oder Bewerbung der beschriebenen oder erwähnten diagnostischen Behandlungsweisen oder Arzneimittel dar. Dieses Buch erhebt weder einen Anspruch auf Vollständigkeit noch kann die Aktualität und Richtigkeit der hier dargebotenen Information garantiert werden. Dieses Buch ersetzt keinesfalls die fachliche Beratung durch einen Arzt oder Apotheker und er darf nicht als Grundlage zur eigenständigen Diagnose verwendet werden. Ebenso ist bei Beginn einer Behandlung mit den beschriebenen Wirkstoffen auf jeden Fall vorher ein Arzt zu Rate zu ziehen. Die Autorin und die Herausgeber übernehmen keine Haftung für Unannehmlichkeiten oder Schäden, die sich aus der Anwendung der hier dargestellten Information ergeben. Dieses Buch enthält Links zu externen Webseiten, auf deren Inhalte die Autorin keinen Einfluss hat. Deshalb kann für diese fremden Inhalte auch keine Gewähr übernommen werden. Für die Inhalte der verlinkten Seiten ist stets der jeweilige Anbieter oder Betreiber der Seiten verantwortlich. Die verlinkten Seiten wurden zum Zeitpunkt der Verlinkung auf mögliche Rechtsverstöße überprüft. Rechtswidrige Inhalte waren zum Zeitpunkt der Verlinkung nicht erkennbar. Eine permanente inhaltliche Kontrolle der verlinkten Seiten ist jedoch ohne konkrete Anhaltspunkte einer Rechtsverletzung nicht zumutbar. Bei Bekanntwerden von Rechtsverletzungen werden wir derartige Links umgehend entfernen.

Quantenheilung für Anfänger

Die geheime Macht zur Heilung und Linderung von Krankheiten und Schmerzen

Der Weg zum reinen Bewusstsein

Quantenheilung richtig anwenden und verstehen

Inhaltsverzeichnis

Die Einleitung

Die Quantenheilung ist eine alternative Methode, um Krankheiten zu heilen, Probleme zu beseitigen und ein besseres Leben zu erreichen. Die Heiler versprechen eine schnelle Wirkung und jeder kann die Quantenheilung selbst lernen sowie anwenden. Während einige Menschen von positiven Effekten sprechen, sehen andere nur eine geniale Marketingstrategie dahinter. Doch was steckt wirklich dahinter?

Schon vor Jahren hat Albert Einstein herausgefunden, dass alle Objekte und Lebewesen aus energetischen Teilchen bestehen. Diese sind miteinander verknüpft und bilden ein großes Energiefeld. Dabei handelt es sich jedoch nicht um ein geschlossenes System, sondern um ein Feld, welches ständig in Bewegung ist und sich verändert. Jede Entscheidung, jedes Gefühl, jeder Gedanke und jede Wahrnehmung wirkt sich auf das Feld aus und führt zu positiven sowie negativen Veränderungen in dem System selbst.

Die Quantenheilung nutzt genau diese Theorie und versucht ein Problem am Ursprung anzupacken – nämlich bei dem Energiefeld. Der Anwender richtet dazu die gesamte Aufmerksamkeit auf dieses Feld und erzeugt selbst eine energetische Welle, welche eine positive Veränderung im System nach sich zieht. Auf die Weise wird das Feld repariert und der Anwender erreicht ein beschwerdefreies Leben auf jeder Ebene.

Das hört sich zu schön an, um wahr zu sein? Dann ist das Buch genau das Richtige für Sie, denn Sie erfahren spannende physikalische Experimente, weitere Erklärungen und Wirkungsweisen, welche den positiven Effekt der Quantenheilung untermauern. Falls Sie die spannende Methode danach selbst anwenden möchte, enthält das Buch auch wertvolle Tipps und Anweisungen für den Selbstversuch. Doch auch die andere Seite möchten wir Ihnen offenlegen, schließlich gehören die Kritiker genauso wie die Heiler zur Quantenheilung. Entscheiden Sie nach dem Lesen selbst, ob etwas hinter der Heilung mit Quanten steckt oder ob es sich lediglich um Pseudoversprechen handelt.

Die Entstehung

Der Anfang jeder neuen Methode entsteht in der Vergangenheit. Allerdings ist die Quantenheilung viel älter als viele Leute denken. Es handelt sich nicht um eine Modeerscheinung oder einen genialen, neuzeitigen Marketingtrick. Tatsächlich existiert die Heilung durch die Nutzung der Energie schon seit vielen Jahrhunderten.

Die Kahunas

Den Ursprung hat die Quantenheilung unter anderem in Hawaii, besser gesagt, bei den einheimischen Schamanen – auch Kahunas genannt. Sie verwendeten bereits den Begriff „Kahi", was sich mit „Einssein" übersetzen lässt. Besonders in der Lomi-Lomi-Massage kommt das Einssein zum Einsatz, denn durch Berührungen versuchen die Heiler den Körper zu reinigen und von belastender Energie zu befreien. Schon damals war den Schamanen bekannt, dass der gesamte Körper eine Einheit ist und sich nur durch die Harmonisierung der Energie heilen lässt.

Die Kahunas waren die ersten, welche sich der berühmten Zwei-Punkt-Methode näherten, was im Grundprinzip die Quantenheilung ausmacht. Dazu verbanden sie das Kraftzentrum mit dem Lösungspunkt, welcher die zu verändernde Stelle ausmacht. Durch die

Berührung der zwei Punkte synchronisierten sie sich und gerade der Lösungspunkt veränderte sich ins Positive. Gerne sprachen die Kahunas in dem Zusammenhang von der „magischen Berührung“. Doch woher wussten die Schamanen damals schon, dass der gesamte Körper aus Energien besteht?

Huna

Huna ist in Hawaii die Weisheitslehre und umfasst alles Wissen, welches sich die Kahunas über Jahrhunderte aufgebaut haben. Von Generation zu Generation wurden die Weisheiten mit dem Ziel weitergeben, den Menschen und die gesamte Welt zu heilen. Im Laufe der Zeit sind dadurch sieben universelle Prinzipien entstanden, welche eindrücklicher Weise viel mit Einsteins Entdeckungen zu tun haben.

- Ike – Die Welt ist das, wofür Sie sie halten
- Kala – Es gibt keine Grenzen
- Makia – Energie folgt der Aufmerksamkeit
- Manawa – Jetzt ist der Augenblick der Macht
- Aloha – Lieben bedeutet glücklich sein mit dem, was Sie haben
- Mana – Alle Kraft kommt von innen
- Pono – Wirksamkeit ist das Maß der Wahrheit

Vor Jahrhunderten wusste die Menschheit bereits, dass das Energiefeld das Zentrum des Menschen ist, welches sich lediglich durch die Kraft der Gedanken verändern lässt. Für ein richtiges Transformieren benötigt es die Aufmerksamkeit des Einzelnen, wobei es keine Grenzen gibt. Allein der Fokus entscheidet, ob es in der Zukunft zu Erfolg oder Misserfolg kommt. Gerade das Jetzt hat eine große Bedeutung, denn Entscheidungen aus der Vergangenheit lassen sich nicht ändern. Wer glücklich sein will, darf nicht von äußeren Gegebenheiten abhängig sein. Ein glücklicher Mensch entscheidet sich bewusst, das gesamte Leben – mit allen noch so schwierigen Situationen – anzuerkennen und zu lieben. Doch nur davon zu reden, ist nicht genug, denn das Handeln ist viel entscheidender.
Gemäß den Weisheiten der Kahunas wird sich das Leben jedes Einzelnen sofort zum Positiven verändern, solange der Betroffene die sieben Prinzipien befolgt. Genau auf diese Prinzipien und die Glaubenssätze der hawaiianischen Schamanen bezieht sich die Quantenheilung.

Deepak Chopra

Die Hawaiianer waren jedoch nicht das einzige Volk, welches sich auf die Energie konzentrierte. Bereits im Hinduismus entdeckten die Gelehrten vor tausenden Jahren, dass das reine Bewusstsein zu heilen vermag. Durch die intensive Meditation und das Streben in diesen Zustand zu kommen, ist die Heilung möglich. Die wohl bekannteste Gruppe, welche den Zustand über

dem Selbst zu erreichen versucht, stellen die Mönche im Buddhismus dar.
Deepak Chopra hat sich in den frühen 80er Jahren den Schriften angenommen und erstmals Parallelen zwischen Spiritualität, Medizin und Quantenphysik gezogen. Was bis dahin als alternative Heilmethode angesehen wurde, bekam Hand und Fuß, so dass es aufgrund des Bezugs zur Physik zu einer ernstzunehmenden Methode wurde. In dem Zusammenhang trat erstmals das Wort Quantenheilung auf, welches im Grunde auf den Erkenntnissen des Hinduismus und Huna basiert. Doch es nahmen sich weitere Personen der Methode an und entwickelten sie weiter.

Dr. Richard Bartlett und Dr. Frank Kinslow

Die zwei amerikanischen Chiropraktiker haben unabhängig voneinander versucht, zwei Punkte des Körpers während der Patientenbehandlung miteinander zu synchronisieren. Beide waren verblüfft, welche Wirkungen sich damit erzielen lässt. Zu diesem Zeitpunkt kannten sie jedoch weder Huna noch die indischen Schriften. 1980 begründete Doktor Frank Kinslow die Quantenheilung und zog fortan durchs Land, um die Methode jedem zu lehren. Dabei erfuhr der Chiropraktiker erstmals von Doktor Richard Bartlett, welcher den Begriff „Quantum Entrainment“ geprägt hat. Auch er erzielte großartige Erfolge und

gründete daraufhin eine Methode, welche er der Welt mitteilen wollte.
Mit dem Werbeslogan „Wirkt sofort – und jeder kann es lernen“ durfte Frank Kinslow große Erfolge verbuchen und auch Richard Bartlett konnte immer mehr Anhänger für sich gewinnen. Es ging soweit, dass die zwei Gründer bald auf der gesamten Welt aktiv wurden. Selbstverständlich hielten sie auch Seminare in Deutschland ab und konnten dadurch tausende von Menschen begeistern.

Heute

Die Quantenheilung hat es mittlerweile in den deutschen Haushalt geschafft, denn viele schwören auf die Methode und sprechen von einem großen Profit. Einige haben sich als Heiler weiterbilden lassen und bieten in Seminaren sowie Privatsitzungen ihr Wissen an. Jeder kann die Quantenheilung lernen und bei sich oder anderen anwenden. Besonders die Begründung der Heilung aufgrund der Quantenphysik überzeugt die Menschen, so dass es tagtäglich mehr Begeisterte gibt.
In der Zwischenzeit entwickelten sich diverse Unterarten, weil viele Heiler die ursprüngliche Zwei-Punkt-Methode ein wenig veränderten. Im Grunde handelt es sich jedoch weiterhin um die Synchronisation von zwei Punkten. Schlussendlich bewirkt jede Abwandlung eine Veränderung und Verbesserung. Im Gegensatz zu anderen Heilmethoden passiert es schneller und jeder Anwender fühlt sich danach besser.

Die Wirkungsweise

Die Quantenheilung verspricht eine Genesung von diversen psychischen und physischen Problemen. Im Gegensatz zu Medikamenten oder anderen Therapien soll die Veränderung bereits nach kurzer Zeit eintreten. Doch wie wirkt die Quantenheilung? Um das genauer zu erklären, benötigt es einen kurzen Abstecher in die Physik.

Die Quantenphysik

Jeder Gegenstand und jedes Lebewesen besteht aus Materie. Am einfachsten lässt sich das mit dem Menschen erklären. Ein Mensch besteht aus Organen, welche wiederum aus Zellen zusammengesetzt sind. Jede Zelle weist Moleküle auf, welche aufgrund unterschiedlichen Atomen existieren, die jeweils aus Protonen, Elektronen und Neutronen bestehen. Gerade in der Schule werden die Atome als kleinste Einheit bezeichnet, das ist jedoch nur die halbe Wahrheit, denn es gibt noch kleinere Bestandteile – die Quanten.
Einfach gesagt sind Quanten nichts anders als Energien, welche einen erheblichen Einfluss auf die Atome und somit das gesamte Universum ausüben. Schon Einstein bezeichnete die kleinste Einheit als Licht, Information und Energie. Die Quanten können beeinflussen, Informationen übermitteln und sind immer

allgegenwärtig. Die Energie und somit die Quanten entscheiden, wie sich der Körper verhalten sollten. Um das Thema der Beeinflussung von Energie ein wenig näher zu bringen, eignen sich zwei Experimente.

Das Doppelspaltexperiment

1802 führte Thomas Young ein Experiment durch, welches das gesamte Verständnis der Welt über den Haufen warf. Der Physiker fand nämlich heraus, dass Licht als Welle auftritt. Knapp hundert Jahre später nahm sich auch Albert Einstein dem Thema an, wobei er bis zum Tod versuchte, das Rätsel um das bekannte Doppelspaltexperiment zu lösen. Doch was ist so speziell an dem physikalischen Experiment?

Im Grunde geht es darum, kleinste Lichtteilchen auf eine lichtundurchlässige Wand zu schießen. Diese Wand weist jedoch zwei Spalten auf, durch welche die Teilchen hindurch können. Ein einem gewissen Abstand hinter der Wand befindet sich ein Beobachtungsschirm, welcher das Auftreffen der Lichtteilchen dokumentiert. Erwartet wird also, dass die Teilchen aus der Kanone kommen, einige durch einen Spalt schießen und auf dem Schirm auftreffen. Die Frage ist jedoch, welches Muster entsteht dabei.

Handelt es sich bei Lichtteilchen um ein Masseobjekt, so sollte es auf dem Schirm zwei Linien geben, welche der Position der Spalten entsprechen. Vergleichbar mit einer Spraydose und einer Schablone, so dass die Farbe exakt das Bild der Schablone auf die Wand projizieren.

Bestehen die Lichtteilchen dagegen aus Wellen, so wird der Schirm ein Bild mit mehreren Streifen erhalten. Für ein besseres Verständnis hilft in dem Moment die Vorstellung von Wasser. Sobald ein Stein ins Wasser fällt, bilden sich Wellen, welche eine größere Distanz zurücklegen können. Ähnlich verhält es sich mit den Lichtteilchen, welche durch die Welleneigenschaft selbst nach dem Spalt eine andere Richtung einnehmen können. Doch sind die Lichtteilchen nun Wellen oder ein Masseobjekt?

Die Antwort hat selbst Einstein verblüfft, denn sie sind beides. Beim gewöhnlichen Experiment erhielten die Physiker ein Bild eines Interferenzmusters – also mit unterschiedlichen Streifen. Je mehr Teilchen Sie aussendeten, desto besser war das Muster ersichtlich. Die eindeutige Schlussfolgerung war, dass die Lichtteilchen über eine Welleneigenschaft verfügen. Zu einem späteren Zeitpunkt befestigten die Physiker an einem Spalt ein Messgerät, um herauszufinden, wie viele Teilchen durch jeweils einen Spalt gehen. Das Ergebnis verblüffte alle, denn durch die genaue Beobachtung veränderte sich die Eigenschaft der Lichtteilchen und sie wurden plötzlich zu Masseobjekten. Das Ergebnis waren zwei Streifen auf dem Beobachtungsschirm.

Kann es also sein, dass sich die Teilchen beobachtet fühlten und aus dem Grund ihre Eigenschaften veränderten? Ist eine Veränderung nur durch die gezielte Aufmerksamkeit möglich? Im eigentlichen Sinn ist das ein absoluter Widerspruch und bis heute ist der Effekt noch nicht genau erklärt, weshalb die Energie als

Ursprung angesehen wird. Diese Energie ist mit allen Objekten verbunden, denn ein anderes Experiment mit Pflanzen erstaunte die Menschheit genauso.

Die Pflanzenexperimente

Ein amerikanischer CIA-Agent hat sich auf Lügendetektoren spezialisiert und 1966 ein Experiment mit Pflanzen durchgeführt. Er hat an den Blättern eines Drachenbaums Elektroden angeschlossen, um mögliche Ausschläge zu messen. Zuerst passierte sehr lange nichts, obwohl er die Pflanze regelmäßig goss und zu ihr schaute. Eines Tages kam er auf eine neue Idee und holte sich einige Streichhölzer. Er wollte die Blätter der Pflanze anbrennen, um eine Reaktion herbeizuführen. Zu seinem Erstaunen schlug der Lügendetektor bereits aus, kaum hat er den Raum mit den Hölzern betreten. Konnte die Pflanze seine Gedanken lesen? Wurden ihr die Absichten bereits vor der Handlung mittels Energie mitgeteilt.

Cleve Backster forschte weiter und versuchte ein neues Experiment. Er stellte zwei Pflanzen in einen Raum und wählte aus fünf zufälligen Personen einen Mann aus, welcher eine der beiden Pflanzen töten sollte. Im Anschluss schloss er die noch lebende Pflanze an einem Lügendetektor an und bat jede der fünf Personen einzeln, den Raum zu betreten. Das Ergebnis war erstaunlich, denn kaum betrat der Mörder den Raum, schlug der Detektor aus und erfasste eine erhöhte Stressreaktion.

Haben Pflanzen also ein Gedächtnis? Wie wusste sie, welche Person der anderen Pflanze Schaden zugefügt hat? Pflanzen können ja weder sprechen noch sehen. Ist jedes Objekt verbunden und ist dadurch ein Informationsaustausch möglich?

Das Energiefeld

Genau an der Stelle spielen Quanten eine große Rolle, denn sie vermitteln Informationen und wirken als Energie. Jeder Mensch und jeder Gegenstand verfügt über eine Energiestruktur, welche bereits Albert Einstein als Feld definierte. Später kam auch der Begriff Matrix auf, bei dem es sich im Grunde um einen Bauplan handelt, auf dem der gesamte Körper aufgebaut ist. Schon Einstein erklärte, dass alles aus wellenförmigen Mustern und somit Licht, Informationen und Resonanzen besteht. Allerdings ist das Energiefeld kein geschlossenes System, denn es ist ständig in Bewegung und es können durch äußere und innere Einflüsse Verletzungen, Lücken und Verzerrungen auftreten.
Wenn jemand zum Beispiel täglich hört, dass er oder sie ein Idiot ist, so verändert sich das energetische Muster automatisch ins Negative. Von den Folgen ist der gesamte Organismus betroffen. In dem Moment können Krankheiten, ein Unwohlsein, ein Leistungsnachlass oder auch psychische Veränderungen auftreten. Im Gegensatz dazu reparieren sowie verstärken lobende Worte das energetische Muster. Aber nicht nur Worte beeinflussen das Energiefeld, sondern auch Taten,

Gedanken, Emotionen, Glaubenssätze und Überzeugungen.

Das reine Bewusstsein

Mit einer direkten und gezielten Beeinflussung des Energiefeldes versucht die Quantenheilung die Missstände aufzuheben. Dabei spielt das reine Bewusstsein eine große Rolle, denn es braucht einen Zustand, welcher die Macht zur Veränderung überhaupt hat. Doch was ist das überhaupt und lässt es sich mit dem Bewusstsein oder Unterbewusstsein vergleichen?
Nein, bei Bewusstsein und Unterbewusstsein handelt es sich um zwei von drei Instanzen. Stellen Sie sich Ihr Inneres, Ihre Seele vor und diese können Sie in drei Teile aufspalten. Ein extrem kleiner Teil stellt das Bewusstsein dar, welches Sie täglich in Ihrem Kopf hören. Es ist für Ihre Emotionen, Gedanken oder Ihre Handlungen zuständig. Alles, was in Ihnen bewusst abläuft, so dass Sie es mitbekommen, lässt sich als Bewusstsein benennen.
Im Gegensatz dazu gehören Erinnerungen, Erlebnisse, Gefühle oder Glaubenssätze, die Sie nicht aktiv mitbekommen zum Unterbewusstsein. Es handelt sich im Grunde um einen verborgenen Speicher, welcher Sie zwar beeinflusst, aber für Sie in erster Linie nicht wahrnehmbar ist. Eine gescheiterte Beziehung aufgrund eines Seitensprungs kann sich im Unterbewusstsein derart manifestieren, dass alle weiteren Beziehungen zum Scheitern verurteilt sind. Dennoch weiß der

Betroffene nicht, woran es liegt und denkt vielleicht, dass die Situation bereits verarbeitet ist.
Die dritte Instanz stellt das Überbewusstsein dar, welches die absolute Macht über Sie hat. Sie können es sich als allwissender Gott vorstellen, welcher alle Prozesse, alle Gedanken und alle Taten leitet. Gerade die Intuition wird dem Überbewusstsein zugeordnet, denn selbst auf Informationen von anderen Personen oder Objekten kann es zurückgreifen. Bestimmt kennen Sie die Situation, wenn Sie an jemanden denken und im nächsten Moment meldet sich diese Person bei Ihnen. Oder woher weiß eine Mutter urplötzlich, dass etwas mit dem Kind nicht stimmt und das selbst, wenn das Kind nicht in der Nähe ist.
Wenn Sie versuchen, den Zustand des reinen Bewusstseins zu erlangen, ist es ein Zustand innerhalb des Überbewusstseins. Besonders im Yoga ist der Begriff auch als „Samadhi“ bekannt, welcher den obersten Punkt der Erleuchtung darstellt. Es ist ein Zustand, bei dem die Seele alle Strukturen überwunden hat und sich mit allem verbinden kann. Im eigentlichen Sinne lässt es sich mit einem leeren Blatt Papier vergleichen, wobei eine exakte Beschreibung nicht möglich ist. In dem Zustand befindet sich der Mensch selbst im Energiefeld. Alles, was seine Seele ausmacht, wird zurückgelassen. Es entstehen keine Gedanken und der Geist konzentriert sich einzig auf die Erkenntnis. Somit handelt es sich um eine sehr intensive Trance, welche jedoch weder ein Schlaf- noch ein Traumzustand ist.

Die Quantenheilung

An der Stelle lässt sich jetzt das Puzzle zusammenfügen. Einfach gesagt, beeinflusst die Quantenheilung die gesamten Energien im menschlichen Körper – die Quanten -, indem sich der Anwender ins reine Bewusstsein begibt, um die Macht des Überbewusstseins abzurufen. Sobald keine Gedanken vorhanden sind und die Seele über dem Körper steht, kann ein gezielter Impuls das gesamte Feld transformieren und stabilisieren. Die Harmonie der Energie hat die Folge, dass eine Heilung in jedem Bereich auftritt, was wiederum die Genesung des gesamten Organismus nach sich zieht.
Der Anwender oder auch Impulsgeber kann ein Ziel, ein Wunsch oder eine Absicht formulieren. Damit die Formulierung auch wirklich den gewünschten Effekt erzielt, benötigt es eine klare Vorstellung von dem Energiefeld und der Veränderung. In der Quantenheilung wird gerne von der Zwei-Punkt-Methode gesprochen. Das heißt, der Betroffene stellt sich zwei Punkte am Körper vor oder berührt sie sogar und erstellt in der Vorstellung ein Energiefeld, welches die Punkte verbindet. Durch die Vorstellung ist das Erreichen des reinen Bewusstseins möglich, welches anschließend eine Quantenwelle zur Veränderung der Energie aussendet. Die Folge davon ist die Umsetzung einer Absicht oder Regeneration des Seelen-Körper-Systems.

Anders als beim Handauflegen ist keine Fremdenergie nötig, denn jeder kann die Heilung selbst vorantreiben. Aus dem Grund eignet sich die Quantenheilung auch als Selbsthilfe, denn es ist nur die eigene Energie von Bedeutung. Im Gegensatz zu anderen Methoden muss der Betroffen nicht noch einmal die Emotionen erleben, sondern kann eine schnelle Veränderung lediglich durch die Harmonisierung des Energiefeldes bewirken. Aufgrund der Vernetzung mit jedem Objekt ist die Quantenheilung selbst auf weite Distanzen oder mit Tieren möglich.

Wie sich bereits erahnen lässt, sind die möglichen Anwendungen enorm. Schlussendlich ist die Ursache jeden Übels in der Energie zu finden, so dass es sich auch durch eine Harmonisierung der Energie lösen lässt.

Die Anwendung

Auf der Grundlage, dass alles im Ursprung aus Energie besteht, ist es auch möglich, die Quantenheilung für jedes Problem anzuwenden. Es spielt keine Rolle, ob es sich dabei um eine psychische oder physische Angelegenheit handelt, denn der Ursprung des unerwünschten Zustandes ist immer gleich. Um das zu verdeutlichen, existieren zehn Grundlagen in der Quantenheilung, welche essentiell für das Verständnis und die Anwendung sind.

- Alles besteht nur aus einem reinen Bewusstsein, aus Informationen sowie Licht und somit aus Energie.
- Alles ist mit allem verbunden.
- Alles ist Schwingung, welche in jeweils differenzierten Frequenzen stattfindet.
- Das reine Bewusstsein folgt der Aufmerksamkeit und erzeugt dadurch eine Realität sowie Energie.
- Alleine durch das Richten der Aufmerksamkeit auf etwas Bestimmtes, lässt es sich verändern.
- Jeder ist selbst für den Einfluss auf das Geschehen verantwortlich.

- Sobald eine Transformation im inneren Energiefeld stattfindet, passt sich die äußere Energie an.
- Alles basiert auf Freiwilligkeit und dem eigenen Willen, etwas zu ändern.
- Eine Eigenheilung, eine Fremdheilung und eine Heilung über eine große Distanz sind möglich.
- Das reine Bewusstsein kann eine Heilung erreichen.

Wer sich vor Augen führt, dass alles miteinander verbunden ist und bereits durch die Aufmerksamkeit eine Veränderung geschieht, sieht die enormen Möglichkeiten. Eine Transformation des Energiefeldes kann dadurch Heilungen auf unterschiedlichen Ebenen bezwecken.

Die fünf Ebenen der Heilung

Alle Probleme, Krankheiten, Störungen oder Blockaden kommen in unterschiedlichen Bereichen zum Ausdruck. Ein Rückenproblem bezieht sich zum Beispiel ganz klar auf die körperliche Ebene. Dagegen kann eine Lustlosigkeit oder eine Ermüdung auf einen eingeschränkten Energiefluss in der feinstofflichen Ebene zurückzuführen sein. Die Quantenheilung kann eine Veränderung in jeder Ebene herbeiführen, weil die Ursache stets im Energiefeld zu finden ist.

Die körperliche Ebene

Die Quantenheilung verspricht eine Verbesserung bei allen körperlichen Problemen. Schlussendlich rühren diese nämlich von den kleinsten Einheiten im Körper her, was die Quanten und somit die Energie ausmacht. Durch eine gezielte Harmonisierung des Energiefeldes, können sich die fehlerhaften oder zerstörten Körperbereiche verändern, was eine Verbesserung des Problems zur Folge hat.
Ein gutes Beispiel, um das zu veranschaulichen, sind Schmerzen aufgrund von Verspannungen, Blockaden oder anderweitigen körperlichen Ursachen. Dabei ist entweder die Muskulatur, die Sehnen oder die Gelenke betroffen, die mit einem tieferen Blick aus Zellen, Molekülen und somit Atomen bestehen. Das Atom selbst beherbergt wiederum Energie, Licht und

Informationen, welche überhaupt die Existenz eines Atoms ermöglichen. Mit Hilfe der Quantenheilung kommt es zu einer Transformation der Energie im Inneren. Durch gezielte Wellen wird das Energiefeld wieder ins Lot gebracht. Lücken werden dadurch geschlossen und fehlerhafte Verbindungen wieder richtig hergestellt. Sobald das Feld positiv verändert ist, passen sich die Atome, die Zellen und somit die Muskulatur, die Sehnen sowie die Gelenke dem Zustand an. Die Folge davon ist ein schmerzfreies Leben.
Doch auch andere Erkrankungen wie Allergien, Diabetes oder Bronchitis lassen sich durch die Zwei-Punkt-Methode heilen. Auch hier sind wiederum die Auslöser im Organismus selbst zu suchen, sei es das Immunsystem, das Blut oder die Lungen. Wie bereits bei den Schmerzen zieht ein fokussierter Einsatz bei der Ursache eine Verbesserung nach sich. Das reine Bewusstsein hilft dabei, die richtige Stelle des Energiefeldes aufzuspüren und die ausgelöste Welle am richtigen Ort einzusetzen.
Es geht aber noch weiter, denn die Heiler versprechen sogar, dass Um- und Neuprogrammierungen von Zellen und der DNA möglich sind. Somit hilft die Quantenheilung selbst bei Erbkrankheiten wie erblich bedingten Krebs, Nervenkrankheiten oder Parkinson. Die bereits seit der Geburt vorinstallierten Muster im Energiefeld, welche zu einem unbestimmten Zeitpunkt zur Krankheit führen, lassen sich so verändern, dass die Krankheit nicht eintrifft. Selbst bei einer bestätigten

Diagnose kann die Quantenheilung Linderung und sogar Heilung versprechen.

Die mentale Ebene

In der mentalen Ebene ist das Bewusstsein beheimatet, denn es handelt sich um den Bereich der Gedanken, der Ziele, der Pläne, der Visionen und der Ideen. Gleichzeitig spielt aber auch das Unterbewusstsein eine große Rolle, denn meist sind die Ursachen mentaler Probleme im Geheimen zu finden.

Besonders im heutigen Zeitalter sind viele Menschen von Stress, Burnout oder Depressionen betroffen. Diese können zu psychischen Blockaden oder einem Gefühl der Hilflosigkeit führen. In den Bereichen denken viele Betroffene, die Ursache zu kennen und geben dem Beruf oder dem Umfeld die Schuld. Tatsächlich ist die Ursache aber in jedem Einzelnen drin, denn der Energiefluss wird blockiert oder ist fehlerhaft. Manchmal sind auch negative Glaubenssätze oder angeeignete Muster die Schuld, so dass eine Blockierung entsteht. In dem Moment weiß lediglich das Überbewusstsein, was das Problem ist und mit der richtigen Methode sowie dem Zustand des reinen Bewusstseins ist eine Transformation zur Besserung möglich.

Obwohl Stress und Depressionen große Bereiche darstellen, ist auch die Demenz, die Schizophrenie und diverse Suchtverhalten in der mentalen Ebene einzuordnen. All die Krankheiten oder Störungen entstehen durch eine Erlebensveränderung, was zu

Abweichungen in der Wahrnehmung führen kann. Auch hier befindet sich der Fehler im Ursprung beim Energiefeld, welches durch einen gezielten Einsatz transformierbar ist. Betroffene verspüren danach eine bessere Kontrolle des Alltags, mehr Freude an sozialen Beziehungen und ein ausgeglichenes Leben.

Die emotionale Ebene

Die emotionale Ebene beherbergt alle Gefühle, egal ob verarbeitet, gelebt oder verdrängt. Der Fokus liegt in dem Fall vermehrt auf den verdrängten Emotionen, weil sich diese einnisten und zu Problemen führen. Beispielsweise kann ein unverarbeitetes Traumata auch eine Depression auslösen, so dass die emotionale Ursache ein mentales Problem auslöst.

Ein Beispiel dazu sind Phobien wie Flugangst oder die Angst vor Spinnen. Wahrscheinlich gab es ein Trauma oder eine negative Erfahrung, welche die spezifische Angst im Inneren gefestigt hat. Sobald der Auslöser wie ein Flugzeug oder eine Spinne in die Nähe rückt, steigt das unangenehme Gefühl wieder hoch. Auch in dem Moment hilft die Quantenheilung, indem das Überbewusstsein die genaue Ursache aufspürt. Das kann ein verdrängtes Ereignis aus der Kindheit sein, welches im Unterbewusstsein abgespeichert ist oder eine Information, welche der Betroffene falsch interpretiert hat. Der gespeicherte Fehler lässt sich mit Hilfe der Quantenheilung harmonisieren und ausgleichen.

Doch gerade auch die Familie und die Beziehung verfügen über einen großen Einfluss auf die emotionale Ebene. Wenn jemand zum Beispiel zu wenig Vertrauen in der Kindheit erfahren hat, kann sich das manifestieren. Die Folge ist ein Leben ohne Vertrauen zu anderen Personen, was die Eifersucht in einer Beziehung verstärkt. Nicht selten treten Beziehungsprobleme aufgrund von Störungen der emotionalen Ebene auf.
Abgesehen von den typischen emotionalen Problemen gibt es einen Bereich, welchen viele Menschen unterschätzen – die Selbstliebe. Wie soll jemand glücklich und zufrieden sein, wenn er oder sie sich nicht selbst liebt? Jedes noch so kleine Problem nimmt der Betroffene persönlich und schadet damit sich selbst. Bereits bei Huna predigten die Kahunas, dass ein glückliches Leben erst mit der vollständigen Akzeptanz und der damit verbundenen Selbstliebe möglich ist. Jemand der sich selbst ständig kritisiert und nicht mit sich zufrieden ist, wird immer etwas finden, was ihn stört und blockiert. Auch hier kann die Quantenheilung weiterhelfen, denn durch die Harmonisierung wirkt das Energiefeld positiv, so dass eine größere Zufriedenheit auftritt. Ein Akzeptieren und ein Wohlfühlen fallen damit deutlich leichter, was eine Erhöhung der Selbstliebe und des Selbstvertrauens zur Folge hat.

Die materielle Ebene

Wer möchte nicht reich und schön sein? Viele wünschen sich ein unbeschwertes Leben, welches für viele Menschen mit genug Geld verbunden ist. Die meisten Betroffenen sind sich dabei nicht bewusst, dass Erfolg viel mit dem eigenen Wesen zu tun hat. Mit Hilfe der Quantenheilung lassen sich Bereich aktivieren und wieder in Schwung bringen, welche für einen größeren Erfolg sehr nützlich sind. Beispielsweise schadet es nicht, wenn jemand ausreichend Selbstvertrauen, Willenskraft und Ehrgeiz hat. Diese Eigenschaften kombiniert mit ausreichend Energie, um auch wirklich etwas zu erreichen, führen letztendlich zum gewünschten Ziel.

Die feinstoffliche Ebene

In vielen Erklärungsansätzen der Welt gehen Philosophen und Esoteriker von einer weiteren Ebene aus, welche den Menschen durchaus prägt. Mit feinstofflich ist in dem Zusammenhang die Aura gemeint. Je nach Anschauungsweise und Religion wird ein anderer Begriff dafür eingesetzt, wobei es sich im Grunde immer um dasselbe handelt.

Die Aura gilt als Energiekörper des Menschen, denn jedes Lebewesen verfügt über eine Aura. Es ist im Grunde eine Ausstrahlung aus feinen Stoffen, welche durch Farben und Intensität das Innere des Menschen wiedergeben. Auch hier spielt es eine Rolle, welche Lehre als Quelle genutzt wird, denn einmal besteht die

Aura aus vier und ein anderes Mal aus zehn Schichten. Besonders in Verbindung mit den Chakren im Hinduismus ist der Energiekörper wichtig, denn bei Störungen oder Blockierung eines Chakras wirkt sich der Umstand negativ auf einen Bereich aus. Gibt es beispielsweise eine Blockierung des Herzchakras, kann das zu Herzproblemen führen.
Falls sich also eine Person besonders müde fühlt, muss nicht immer ein körperliches, mentales oder emotionales Problem die Ursache sein. Es kann an einem Ungleichgewicht der Chakren liegen, was eine Energieblockade oder eine negative Aura nach sich zieht. Mit der Quantenheilung ist auch hier eine Verbesserung möglich, indem die Quelle der Energie eine Veränderung und gleichzeitig eine Verstärkung spürt. Die Chakren können wieder wie gewohnt funktionieren, so dass die Folge eine höhere Energie und bessere Aura darstellt.

Das große Aber

Von der Quantenheilung können gleichermaßen Kinder und Erwachsene profitieren. Dabei müssen die betroffenen Personen nicht einmal im Raum sein, denn die Energie lässt sich dank dem Zustand des reinen Bewusstseins und dem Überbewusstsein auch in der Entfernung harmonisieren. Gestützt auf der Theorie, dass alles miteinander verbunden ist, wirkt die Methode sogar bei Tieren. Ängstliche Hunde finden zurück in einen glücklichen Alltag. Eine Katze mit einem Tumor kann mit Hilfe der Quantenheilung eine Verbesserung erfahren. Trotz allem gibt es ein großes Aber!

Diverse Heiler, welche sich der Quantenheilung angenommen haben, geben den Klienten und den Anwendern immer wieder zu verstehen, dass es sich hierbei um keine anerkannte Methode handelt. Gerade bei körperlichen Erkrankungen wie Krebs oder AIDS bleibt der Gang zum Arzt nicht erspart. Die Quantenheilung soll lediglich als Begleitung verstanden werden, denn doppelt gemoppelt hält besser. Bei einer Depression oder Angstzuständen benötigt der Anwender nicht unbedingt einen Psychologen, aber gerade lebensbedrohliche Krankheiten sollte niemand unterschätzen.

Die sichere Wirksamkeit

Immer wieder verspricht die Quantenheilung eine schnelle und zuverlässige Wirkung, stimmt das wirklich? Nein, denn ob es überhaupt wirkt, hängt von diversen Faktoren ab. Gerade die Überzeugung von der Wirkung muss gegeben sein, denn ansonsten ist die ausgehende Kraft zur Veränderung zu gering. Der Anwender muss hinter der Methode stehen und an sein Tun glauben. Ansonsten kann der Betroffene den Zustand des reinen Bewusstseins nicht erreichen und das Energiefeld harmonisiert nicht.

Eine weitere mögliche Ursache, weshalb es nicht funktioniert, ist eine falsche Anwendung. Leute, welche mit Hilfe eines Videos oder einer Beschreibung mit der Quantenheilung beginnen, können einige Bewegungen und Abläufe falsch machen. Dadurch schaden sie sich zwar nicht, doch die Heilung ist nicht in Sicht. Bei jeder Anwendung muss eine Energie spürbar sein, nur mit dem schnellen Durchführen der Bewegungsabläufe ist es nicht getan. Schon kleine Veränderungen können eine höhere Wirkung erzielen, weshalb viele Heiler den Ratschlag geben, zu Beginn mindestens ein Seminar zu besuchen.

Manchmal stimmt die Überzeugung, doch die Krankheit oder das Problem ist schwerwiegender. In diesem Fall reicht eine einzige Anwendung nicht aus, sondern erst durch mehrere Durchläufe ist die Energie zur Veränderung vorhanden. Das ist vergleichbar mit einer

Wunde, denn handelt es sich nur um einen kleinen Schnitt, wird er innerhalb weniger Tage heilen. Ist es dagegen eine große Schürfwunde, dann benötigt der Körper mehr Zeit zum Kurieren. Ähnlich verhält es sich in der Quantenheilung, wobei beispielsweise bei Verspannungen schon eine Anwendung ausreicht. Meistens sind die Schmerzen noch ein bis drei Tage spürbar und danach verschwinden sie.
Gewisse Leute haben zusätzlich zu wenig Geduld, denn häufig dauert das Ergebnis gerade bei materiellen oder psychischen Problemen ein wenig an. Tatsächlich kann niemand darum bitten, am nächsten Tag eine Million Euro auf dem Konto zu haben. Im Endeffekt hat die Energie nämlich nur wenig damit zu tun, welcher Betrag sich auf dem Konto befindet. Die Harmonisierung des Energiefeldes kann auch andere Wege einschlagen wie beispielsweise ein Angebot oder eine positive Lebensveränderung. Angenommen jemand ist immer stark eifersüchtig, so lässt sich das fehlende Vertrauen in andere Menschen verändern. Das heißt jedoch nicht zwangsläufig, dass es danach in der laufenden Partnerbeziehung besser wird und das Gefühl sofort weg ist. Eventuell muss zuerst jemand anderes in das Leben treten, was durch das Energiefeld und die Verbundenheit zu jedem Menschen zustande kommt. Manchmal bietet die Quantenheilung nämlich lediglich Möglichkeiten, Alternativen oder Chancen an, welche jeder Einzelne selbst wahrnehmen muss. Getreu dem Motto: Wirksamkeit ist das Maß der Wahrheit.

Die Folgen der Anwendung

Die Quantenheilung kann wirklich bei jedem Problem helfen, weil der Ursprung jeder Störung die Energie ist. Durch ein gezieltes Transformieren können Betroffene das gesamte Potential freisetzen, so dass die Fähigkeiten eine Förderung erfahren. Der berufliche und private Erfolg lässt sich deutlich erhöhen, was wiederum mit mehr Zufriedenheit verbunden ist. Sowohl körperliche als auch emotionale oder psychischen Blockaden und Belastungen sind innerhalb kurzer Zeit gelöst. Auch Ängste, falsche Glaubenssätze, blockierende Gedanken oder fehlinterpretierte Informationen wandeln sich um, so dass sie das Leben nicht mehr länger einschränken.
Abgesehen davon ist mehr Energie, Freude und Leichtigkeit fürs Leben vorhanden. Bereits nach einer Anwendung fühlen sich viele Betroffene geborgen und sicher, so dass der Blick in die Zukunft wieder positiv ausfällt. Gesetzte Ziele, die vorher in der Ferne lagen, rücken in die Nähe und der Wille zum Anpacken ist vorhanden. Krankheiten, Blockaden und anderweitige Probleme verschwinden kontinuierlich und oftmals sind kleine Wunder zu beobachten.

Die Arten der Quantenheilung

Die Quantenheilung hat sich in den letzten 20 Jahren stark weiterentwickelt und aus dem Grund gibt es heute diverse Abwandlungen der ursprünglichen Form. Im Grunde handelt es sich meist um dasselbe Konzept – die Zwei-Punkt-Methode-, welches von den jeweiligen Begründern ein wenig abgeändert oder verfeinert wurde. Für eine spätere Anwendung ist es jedoch essentiell, die unterschiedlichen Arten kennenzulernen. Wahrscheinlich wird jedem die eine oder andere Art eher zusagen, so dass die Anwendung im Anschluss leichter fällt.

Quantenheilung von Deepak Chopra

Die Quantenheilung von Deepak Chopra stützt sich auf der Grundannahme, dass sich Verbesserungen und Veränderungen am besten auf der Informationsebene bewirken lassen. Im Gegensatz dazu versuchen beispielsweise Medikamente auf der körperlichen Ebene zu wirken. Das Ziel ist, durch das Erlangen des reinen Bewusstseins allfällige Störungen in dem Körper-Geist-System zu verändern, indem eine Welle auf das Energiefeld einwirkt. Deepak Chopra hat besonders die ursprüngliche Zwei-Punkt-Methode geprägt. Dennoch bezeichnet er die Technik nicht unbedingt als Heilung, sondern als die Fähigkeit einen anderen Bewusstseinszustand zu erlangen und dadurch eine Veränderung oder Heilung zu bewirken.

Matrix Energetics Richard Bartlett

Richard Bartlett hat aus der Quantenheilung eine weitere Methode entwickelt, nämlich die Matrix Energetics. Mit Matrix ist der Plan oder das Feld gemeint, welches die Energie beherbergt. Im Gegensatz zur gewöhnlichen Quantenheilung geht es bei der Methode um einen Kollaps des Energiefeldes. Was bei der Quantenheilung als langsame Angleichung geschieht, wird bei der Matrix Energetics innerhalb kurzer Zeit herbeigeführt.
Der Sinn des Kollapses ist ein Neuaufbau, welcher die Regeneration von allfälligen Lücken oder Problemen nach sich zieht. Auch hier wird im Grunde wieder die Zwei-Punkt-Methode angewandt, welche jedoch innerhalb kurzer Zeit und spürbar intensiver ausfällt. Nicht selten fallen die Anwender um, weil das Energiefeld für einen kurzen Augenblick zusammenfällt. Eine weitere Besonderheit besteht darin, dass keine Absicht vorhanden sein muss. Also muss der Anwender auch keine Formulierung bereithalten oder das Problem kennen, denn durch den Kollaps wird alles wieder in die gewünschte Ordnung gebracht. In dem Moment verschwinden Rückenschmerzen gleichermaßen wie psychische Blockaden. Im Nachhinein fühlt sich die betroffene Person vollständig regeneriert, glücklich und ausgeglichen.

Quantum Entrainment von Dr. Frank Kinslow

Eine Abwandlung und Weiterentwicklung der Quantenheilung stellt das Quantum Entrainment von Dr. Frank Kinslow dar. Auch bei der Methode muss sich der Anwender auf das reine Bewusstsein konzentrieren, so dass ein Zustand der vollkommenen Ruhe und Ordnung herrscht. In dem Sinne ist es keine Heilmethode, sondern eine Technik der Bewusstseinserweiterung, welche jedoch heilende Nachwirkungen verursacht. Erst durch die Ruhe ist eine Harmonisierung und Veränderung möglich, in der sich das Energiefeld neu ausrichtet.

Im Gegensatz zu den anderen Methoden entsteht also keine Energiewelle, sondern das Wohlgefühl verursacht eine Änderung. Indem der Anwender akzeptiert, dass das Leben perfekt ist und keine weiteren Gedanken oder Emotionen nötig sind, befindet er sich im reinen Bewusstsein. Eine Absicht oder einen Heilungswunsch ist nicht notwendig, denn die Transformation bewirkt eine Förderung der körperlichen, geistigen, materiellen, feinstofflichen und emotionalen Ebene. Gleichzeitig verspricht Kinslow eine positive Veränderung in den Beziehungen, dem Beruf, den Zielen und den Finanzen.

Matrix-Awareness von Roland und Rosi Locher

Roland und Rosi Locher sind Schweizer, welche die typische Zwei-Punkt-Methode verändert haben. Dabei sind Elemente von Reiki, Heil-Hypnose und NLP enthalten, um die Heilung noch intensiver und schneller zu gestalten. Daraus ist die Drei-Punkt-Methode entstanden, welche die zwei energetischen Punkte mit Suggestionen verbindet. Mit einer direkten Vorstellung der gewünschten Situation und der klaren Formulierung der Absicht sind die Transformationen im Energiefeld möglich.

Matrix-Awareness bedeutet „Bewusst sein des Energiefeldes“, so dass durch eine gezielte Aufmerksamkeit die gewünschten Veränderungen einfacher eintreffen. Die Methode bewirkt bei Anwendern mehr Glück sowie Erfolg im Alltag wie in der Schule, im Sport oder in dem Beruf, Harmonie in der Familie, bessere finanzielle Möglichkeiten sowie körperliche und seelische Gesundheit.

Ur-Matrix von Stefan Bratzler

Die Ur-Matrix lässt sich am einfachste mit einer Kombination der Matrix Energetics und der Matrix-Awareness vergleichen. Mit der Ur-Matrix ist in dem Zusammenhang das Energiefeld zu Beginn gemeint, als alles noch in Ordnung war und es noch keine Lücken,

Verletzungen oder ähnliche Probleme gab. Bei der Methode geht es darum, dass Energiefeld wieder in den Urzustand zurückzusetzen. Ist beispielsweise ein Anwender von Krebs betroffen, so lässt sich durch die Methode der Zustand vor dem Krebs anstreben, zu dem Zeitpunkt als die Zellen noch gesund waren.
Trotzdem handelt es sich weiterhin um die Zwei-Punkt-Methode, wobei ebenfalls der Weg in das reine Bewusstsein führt. Erst in diesem Zustand von innerem Frieden und Freiheit lässt sich die ursprüngliche Matrix abrufen. Dennoch ist ein Fokus auf eine gezielte Absicht wie bei der Matrix-Awareness nötig, so dass ein konkreter Energieimpuls die Ordnung wiederherstellen kann. Auf die Weise lässt sich verborgenes Potenzial aktivieren, Erkrankungen lindern oder gar heilen, einschränkende Muster ablegen und hinderliche Energien oder Programme neutralisieren.

Kombination mit anderen Methoden

Die Quantenheilung gilt nicht als absolute Methode, welche für sich alleine steht. In Wirklichkeit enthält die Quantenheilung viele Elemente aus anderen Therapieformen, Religionen und Heilpraktiken. Aus dem Grund lassen sich diverse Techniken mit anderen energetischen oder heilenden Methoden kombinieren. Meist wird die Wirkung dadurch noch verstärkt und das Gefühl intensiviert.

Die Quantenheilung und Aufstellungsarbeit

Bei der Aufstellungsarbeit geht es darum, die Personen eines Systems wie die Familie in eine Beziehung zu setzen. Dadurch kommen wiederkehrende Muster, Konstellationen oder Zusammenhänge zum Vorschein, welche den Alltag negativ beeinflussen. Gleichzeitig lassen sich Lösungen und Verbesserungen aufzeigen, um ein Problem abzulegen. Die Quantenheilung kann die Aufstellungsarbeit positiv beeinflussen, denn die Lösung sowie die Probleme werden klarer herausgearbeitet. Durch den Zustand des reinen Bewusstseins erhöht sich die Wirkung der Aufstellung, was einen höheren Effekt nach sich zieht.

Die Quantenheilung und Chakrenbehandlung

Jeder Mensch verfügt über sieben Chakren, welche die Energiezentren des Körpers, der Seele und der Sinnesorgane ausmachen. Bei Unausgewogenheit, Verschmutzung oder Verstopfung eines oder mehreren Chakren kann die Energie nicht mehr fließen. Das beeinflusst ein Leben und somit den Alltag erheblich, so dass aufgrund der fehlenden Energie psychische sowie physische Krankheiten entstehen. Bei der Chakrenbehandlung wird die Energie wieder freigesetzt, so dass sie erneut harmonisch fließt und der Körper sowie die Seele das Gleichgewicht zurückerlangen. Wenn ein Anwender bei der Chakrenbehandlung im Zustand des reinen Bewusstseins ist, fällt ihm das Aufspüren der Aura leichter. Die Folge ist eine schnellere Auflösung der verstopften Energie, weil sich der Anwender einerseits wohler fühlt und sich andererseits besser wahrnehmen kann. Eine größere oder schnellere Wirkung ist nicht das Ziel, sondern ein angenehmeres Arbeiten an dem Energiefluss der Chakren.

Die Quantenheilung und Atemarbeit

Wie bei vielen anderen Methoden ist auch bei der Quantenheilung eine gute Atemarbeit entscheidend. Bereits ein bewusstes Ein- und Ausatmen mit ausreichend Aufmerksamkeit kann zu einem neuen Körpergefühl führen. Diese neue Erfahrung mit Hilfe des Atems hilft dem Anwender, besser in den Zustand des reinen Bewusstseins zu finden. Gerade ein tiefes Atmen sorgt für eine schnelle und tiefgründige Bewusstseinsveränderung. Einige Anwender schwören dagegen auf ein zügiges Ein- und Ausatmen, welches den Verlauf und Fortschritt der Quantenheilung positiv beeinflusst. Im Grunde spielt das aber keine Rolle, denn es geht um die bewusste Aufmerksamkeit, welche auf das Atmen gerichtet ist.

Im Grunde kann die Quantenheilung auch mit anderen energetischen Methoden zusammenwirken und dennoch raten Heiler dazu, die Methoden zeitlich zu separieren. Es eignet sich beispielsweise nicht, während einer Fußreflexzonenmassage das Energiefeld aufzusuchen. Auf die Weise kann sich die Wirkung der

Quantenheilung verringern, weil die Anwendung nicht auf das reine Bewusstsein gerichtet ist. Es spricht aber nichts dagegen, einige Tagen nach der Quantenheilung eine Fußreflexzonenmassage durchzuführen. Auch bei anderen energetischen Methoden wie Klangschalen- oder Aromatherapie ist eine Pause zwischen den Anwendungen empfehlenswert.

Die Techniken zur Selbsthilfe

Mittlerweile haben Sie viel über die Quantenheilung erfahren und dennoch ist es wahrscheinlich weiterhin eine relativ abstrakte Methode. Beim alleinigen Lesen hört es sich tatsächlich sehr kompliziert an, was es aber bei der Anwendung nicht ist. Solange Sie vollkommen hinter der Methode stehen, daran glauben und etwas ändern möchten, ist es eine effiziente, schnelle sowie einfache Methode.

Der Zustand des reinen Bewusstseins

Wie Sie nun bereits wissen, müssen Sie den Zustand des reinen Bewusstseins erlangen, um auf das Energiefeld oder die Matrix zugreifen zu können. Aus dem Grund folgen zuerst zwei Anleitungen, wie Sie diesen Zustand erreichen. Erst im Anschluss erhalten Sie einige Anweisungen zu bekannten Techniken in der Quantenheilung, welche Sie selber bei sich zu Hause anwenden können.

Atem- und Meditationsübung

Legen oder setzen Sie sich bequem hin, so dass eine angenehme Position auch ohne das Anspannen der Muskeln möglich ist. Danach schließen Sie die Augen und atmen über die Nase tief ein. Zum Ausatmen halten

Sie den Mund leicht geöffnet, damit die Luft ausströmen kann. Beachten Sie dabei, dass Sie für jeweils mindestens 10 Sekunden ein- und dieselbe Zeit wieder ausatmen. Beim Einatmen sollten sich der Brustkorb und der Bauch heben. Sobald Sie ausatmen, senken sich beide Teile wieder. Auf die Art erhalten Sie eine innere Ruhe, so dass Sie sich wohler, schwerer und entspannter fühlen. Wiederholen Sie den Vorgang für einige Minuten. Zu Beginn benötigt die Technik ein wenig Übung, doch bereits nach kurzer Zeit werden Sie sich schneller entspannen.

Sobald Sie den beschriebenen Zustand erreicht haben, versuchen Sie Ihre restlichen Gedanken und Sorgen in einen imaginären Koffer zu packen. Stellen Sie sich vor, wie Sie den Koffer nehmen und vor Ihre Haustür bringen. Schließen Sie die Tür ab, damit die Gedanken nicht wieder hineinkommen.

Im nächsten Moment überlegen Sie sich, welcher Gedanke wohl als nächstes aufkommt. Wenn der Gedanke wirklich vorhanden ist, so betrachten Sie ihn von allen Seiten und pusten Sie Ihn in den Himmel oder aus dem Fenster. Wahrscheinlich wird der nächste Gedanke nicht lange auf sich warten lassen, deshalb überlegen Sie bereits davor, welche Farbe der nächste Gedanke haben wird. Sobald er auftaucht, sollen Sie ihn wiederum betrachten und die Farbe wahrnehmen. Danach pusten Sie ihn ebenfalls in den Himmel oder aus dem Fenster. In den nächsten Minuten werden weitere Gedanken aufkommen und bereits davor sollten Sie sich pro Gedanke eine Frage stellen:

- Was wird der nächste Gedanke für einen Geschmack haben?
- Was wird der nächste Gedanke für einen Geruch haben?
- Wie hört sich der nächste Gedanke an?

Versuchen Sie, bei jedem Gedanken die zuvor gestellte Frage zu beantworten. Wenn die fünf Gedanken aufgekommen sind, stellen Sie sich als nächstes die Frage: „Was?“
Wenn Sie die Übung bereits mehrmals gemacht haben, können Sie im Anschluss mit der gewünschten Technik der Quantenheilung beginnen. Dient die Atem- und Meditationsübung lediglich als Versuch ins reine Bewusstsein zu gelangen, so öffnen Sie nach der Frage die Augen. Beobachten Sie Ihr Gemüt und Ihre Gedanken. Wahrscheinlich werden Sie eine innere Ruhe, Zufriedenheit und ein Wohlbefinden verspüren. Wenn das so ist, dann sind Sie auf dem richtigen Weg und können bald mit der Anwendung der Quantenheilung beginnen.

Das goldene Dreieck

Eine weitere Übung, um den gewünschten Zustand zu erreichen, ist das goldene Dreieck. Versuchen Sie sich wiederum auf Ihre Atmung zu konzentrieren, indem Sie ruhig durch die Nase ein- und durch den Mund

ausatmen. Es ist wichtig, dass Sie große Atemzüge nehmen und die Lungen vollkommen ausfüllen.
Sobald Sie ausreichend tief in Trance sind und sich entspannt sowie geborgen fühlen, richten Sie die Aufmerksamkeit auf Ihre linke Hand. In dem Moment dürfen Sie die Augen öffnen oder sich in den Gedanken mit der Hand verbinden. Wenn Sie die linke Hand spüren und wahrnehmen, so versuchen Sie gleichzeitig die rechte Hand in den Fokus Ihres Bewusstseins zu lenken. Denken Sie weiterhin an eine tiefe Atmung und konzentrieren Sie sich auf beide Hände. In dem Moment werden Ihre Gedanken verschwinden, denn Sie müssen sich gleichzeitig auf zwei Punkte konzentrieren.
Um das Ganze noch zu steigern, benötigen Sie für das Dreieck noch einen dritten Punkt. Der letzte Punkt stellt Ihr Herz dar. Spüren Sie die Freude, die Dankbarkeit und die Liebe in Ihrem Herz. Verlieren Sie dabei nicht Ihre Hände aus den Augen, so dass Ihr Bewusstsein drei Punkte gleichzeitig anpeilt. Spüren Sie die Verbundenheit und seien Sie dankbar für Ihr Leben sowie Ihre Persönlichkeit. Öffnen Sie die Tür zu Ihrem Herzen und beobachten Sie, wie ein helles Licht Sie umgibt und aus Ihrer Herztür strahlt. In dem Zustand werden Sie frei von Gedanken sein und das Gefühl von Wohlbefinden wird stärker.
Genießen Sie den Moment und fahren Sie mit der Quantenheilung fort. Falls Sie noch nicht zufrieden sind oder denken, dass Sie noch mehr Übung benötigen, so wiederholen Sie den Ablauf täglich. Auf die Weise erhalten Sie eine immer tiefere Trance und können

dadurch eine höhere Wirkung bei der Quantenheilung erzielen.

Sie können die Quantenheilung zur Selbsthilfe erst anwenden, wenn Sie den Zustand des reinen Bewusstseins erlangt haben. Aus dem Grund sollten Sie sich dafür ausreichend Zeit nehmen und diese Trance üben. Sobald Sie ein gutes Gefühl dabei haben, können Sie mit einer der folgenden Methoden beginnen und eine Heilung bewirken.

Die Zwei-Punkt-Methode

Zum Beginn der Zwei-Punkt-Methode müssen Sie sich auf beide Hände konzentrieren. Versuchen Sie eine Verbindung aufzubauen, als wären die Hände mit einer unsichtbaren Schnur verbunden. Es wird eine Energie fließen, auf die Sie sich vermehrt achten sollten. Die Verbindung wird auch nicht abreißen, selbst wenn Sie diverse Positionen annehmen oder eine Hand hinter dem Rücken verstecken.

Danach nehmen Sie sich der linken Hand an und legen sie intuitiv an einen Ort an Ihrem Körper. Ihr Überbewusstsein wird Sie leiten, gerade wenn Sie an einer Stelle Schmerzen verspüren. Falls das nicht der Fall ist und Sie nicht genau wissen, wo Sie die Hand platzieren sollen, dann legen Sie sie auf Ihre Brust. Auf die Weise können Sie eine Verbindung zu Ihrem Herzen aufnehmen, wobei nach ausreichend Übung die Methode auch ohne Berührung funktioniert.

Die rechte Hand halten Sie vor sich hin, gerade Heiler verwenden dazu gerne eine Position, bei der die Armbeuge einen rechten Winkel aufweist. Auf welcher Höhe oder welche exakte Position geeignet ist, wird Ihnen wiederum das Überbewusstsein mitteilen. Die rechte Hand greift sich sozusagen die Ressourcen aus der Luft und somit die Energie, welche um Sie herum vorhanden ist.
Versuchen Sie nun erneut die Verbindung zu spüren und sagen Sie laut oder in Gedanken: „Ich bitte um Erhöhung und Anpassung der Energie in mir, die jetzt möglich ist.“ Die Worte spielen in dem Moment eigentlich keine große Rolle, denn es geht um die Absicht dahinter, dass sich die Energie transformiert. Nach dem Aussprechen oder Denken des Satzes atmen Sie tief aus, dabei muss wirklich die gesamte Luft in einem schnellen Tempo ausströmen. Danach kann es passieren, dass Sie für einen Moment eine Art Schwächeanfall verspüren, aus dem Grund sollten Sie bereits davor eine sichere und zugleich angenehme Position angenommen haben.
Ihre rechte Hand wird nach dem Ausatmen automatisch die Position verändern. Manchmal sinkt sie nach unten, so dass die Spannung verschwindet. Wenn nichts passiert, können Sie die rechte Hand so lassen oder auch auf die linke Hand legen, um die Anwendung zu beenden. Egal, was damit passiert, lassen Sie es geschehen und akzeptieren Sie es. Atmen Sie nochmals fünf bis sechs Mal tief durch und kommen Sie langsam aus Ihrem Zustand des reinen Bewusstseins zurück.

Die Drei-Punkt-Methode

Wie Sie bereits wissen, ist die Drei-Punkt-Methode mit einer Absicht oder Formulierung verbunden. Aus dem Grund eignet sich die Übung besonders für Sie, wenn Sie ein bestimmtes Anliegen haben. Das kann in jeder Ebene beheimatet sein, sowohl Schmerzen als auch finanzielle Probleme lassen sich auf die Art verändern und heilen.

Auch hier müssen Sie zuerst den Zustand des reinen Bewusstseins erlangen. Sobald Sie in Trance sind, denken Sie intensiv an die Lösung Ihres Problems. Stellen Sie sich ausführlich vor, wie es ohne das Problem wäre und was Sie sich genau vorstellen. Eventuell kommt Ihnen ein Bild eines glücklichen oder schmerzfreien Lebens auf. Überlegen Sie sich dazu eine positive Formulierung, wie der Idealzustand aussieht. Geeignete Sätze sind zum Beispiel: „Ich bin glücklich und schmerzfrei“, „Ich führe ein erfülltes Leben“ oder „Ich erreiche alle meine Ziele“. Verwenden Sie keine Konjunktive, sondern seien Sie selbst von Ihrer Absicht überzeugt. Danach richten Sie Ihre Aufmerksamkeit auf die positive Formulierung.

Im Anschluss konzentrieren Sie sich wiederum auf Ihre Hände und stellen wie bei der Zwei-Punkt-Methode die Verbindung her. Spüren Sie die Energie, welche sich zwischen den Händen befindet und halten Sie danach wiederum die linke Hand auf Ihr Herz. Wie bereits bei der ersten Variante dürfen Sie auch eine andere Körperstelle anpeilen. Im Grunde kommt es auf das Problem selbst und Ihr Überbewusstsein an. Geben Sie

die Kontrolle unbedingt ab und hören Sie auf Ihre Intuition, welche Sie in dem Moment leiten wird.
Die rechte Hand halten Sie ins freie Feld und auch hier wird Ihnen das Überbewusstsein die richtige Position angeben. Weiterhin ist ein intensives Denken an die positive Formulierung von Nöten, damit die rechte Hand den richtigen Zugang findet. Wenn die Spannung aufgebaut ist und Sie die Energie wahrnehmen können, sagen Sie laut oder in Gedanken: „Danke, dass dieses Problem bereits vollständig gelöst ist." Atmen Sie wiederum tief aus und lassen Sie die rechte Hand tun, was sie tun will. Danach können Sie einige Male durchatmen und langsam zurückkehren.

Die Timeline-Methode

Eine weitere Abwandlung der Zwei-Punkt-Methode ist die Timeline-Methode. Wie der Name bereits erahnen lässt, geht es um eine Zeitleiste. Sie können im Zustand des reinen Bewusstseins in jeden Moment Ihres Lebens zurückkehren. Es ist eine ganz gezielte Methode, um negative Ereignisse, Gedanken oder Taten in Ihrer Vergangenheit zu verarbeiten. Daher kann es auch gut sein, dass Sie von dem spezifischen Ereignis nichts wissen und nur Ihr Unter- sowie Überbewusstsein etwas darüber weiß. Beispielsweise können ständig wiederkehrende Kopfschmerzen von einem Ereignis aus der Vergangenheit stammen. Bei dieser Methode kann es durchaus vorkommen, dass das Problem aus einem

früheren Leben rührt und sich auf alle weiteren Leben ausgebreitet hat.
Versuchen Sie wiederum in den Zustand des reinen Bewusstseins zu gelangen und denken Sie intensiv an Ihr Problem. Mit einigen tiefen Atemzügen lässt sich die Aufmerksamkeit noch stärker auf das Problem richten. Im Anschluss fahren Sie wie bei der Zwei-Punkt-Methode mit dem Verbindungsaufbau der zwei Hände fort. Lassen Sie sich auf die Verbindung ein und spüren Sie die unsichtbare Energie, welche sich dazwischen befindet. Danach platzieren Sie die linke Hand an einer geeigneten Stelle am Körper. Überlassen Sie erneut dem Überbewusstsein die Kontrolle und versuchen Sie den passenden Ort nicht mit Ihren Gedanken herauszufinden. Falls keine spezifische Stelle hervorkommt, wird die Hand automatisch auf das Herz wandern.
Die rechte Hand heben Sie danach ins freie Feld, wobei dasselbe Prinzip wie bei der linken Hand gilt. Überlassen Sie sich vollkommen der Intuition und versuchen Sie nichts selbst zu lenken. Sobald die Hände richtig positioniert sind, konzentrieren Sie sich auf das Problem und die starke Verbindung zwischen den Händen. Erst wenn Sie sich wohl fühlen und zu 100% bei der Sache sind, beginnen Sie mit der eigentlichen Methode.
In Gedanken zählen Sie nun von Ihrem jetzigen Alter rückwärts. Wenn Sie möchten, dürfen Sie die Zahlen auch laut aussprechen. Denken oder sagen Sie zuerst Ihr Alter und dann führen Sie den Rückwärts-Countdown in

5-Jahres-Schritten fort. Wenn Ihnen der Abstand zu groß ist, dürfen Sie auch gerne Jahr für Jahr verwenden. Minimieren Sie Ihr Alter bis zu dem Zeitpunkt der Geburt. Falls sich bis zu dem Zeitpunkt noch nichts getan hat, müssen Sie weiter zurück, zum Zeitpunkt Ihrer Zeugung oder sogar in frühere Leben. Doch was soll sich tun?

Sobald Sie in dem Alter angekommen sind, welches für das Problem ausschlaggebend ist, werden Sie eine Veränderung spüren. Je nach Anwender kann sich die Auswirkung differenziert anfühlen oder auftreten. Einige sehen plötzlich Farben und andere nehmen einen Ton wahr. Oftmals ist die richtige Alterszahl mit einem Kribbeln verbunden oder die Beine werden schwach. Wenn Sie die Anwendung durchführen, werden Sie den richtigen Zeitpunkt bestimmt wahrnehmen. In dem Moment ist es wichtig, dass Sie weiterhin nichts denken und für einen Moment bei dem Gefühl bleiben. Nach einigen tiefen Atemzügen zählen Sie weiter bis zur Geburt und sagen daraufhin wieder: „Danke, dass dieses Problem bereits vollständig gelöst ist." Atmen Sie nach dem Satz tief aus, so als würden Sie das Problem aus Ihrem Körper pusten. Auch hier kann es wieder zu einem Schwindelgefühl kommen, doch lassen Sie sich davon nicht irritieren. Setzen Sie die tiefe Atmung für fünf bis sechs weitere Atemzüge fort und kommen Sie langsam zurück.

Der erfolglose Versuch

Damit Sie die Quantenheilung erfolgreich anwenden können, benötigt es erstmals einen soliden Zustand des reinen Bewusstseins. Aus dem Grund ist die Vorarbeit essentiell und erst bei einer ausreichend starken Verbindung können Sie die Heilung anstreben. Trotzdem gibt es immer wieder Anwender, welche nach kurzer Zeit abbrechen und denken, dass die Methode doch nicht funktioniert. Aus dem Grund sollten Sie folgende Tipps beherzigen:

- Geben Sie sich Zeit und beginnen Sie mit den Grundlagen, die Heilung wird früh genug erfolgen.
- Gerade der Zustand des reinen Bewusstseins muss geübt sein, Anfänger tun sich zu Beginn schwer. Geben Sie die Hoffnung nicht auf und arbeiten Sie weiterhin an einer tiefen Trance ohne aufkommende Gedanken.
- Versuchen Sie die Verbindung zwischen Ihren Händen zu spüren, denn nur durch den Aufbau der Energie ist eine Transformation möglich. Besonders das erzeugte Energiefeld zwischen den zwei Punkten muss vorhanden sein. Je

stärker Sie das unsichtbare Band spüren, desto besser wird sich die Wirkung zeigen.

- Sobald Sie im Zustand des reinen Bewusstseins angekommen sind, müssen Sie sich von Ihrem Unterbewusstsein leiten lassen. Erst wenn Sie Ihren Körper verlassen und die Gedanken ausschalten, werden Sie die richtigen Bewegungen durchführen. Glauben Sie in dem Moment an sich und Ihre Intuition, welche die richtige Position finden wird.
- Richten Sie die Aufmerksamkeit auf die Energie und nicht auf einen anderen Gedanken oder Ort. Alles um Sie herum ist im Moment der Quantenheilung egal und es muss Sie nicht weiter kümmern. Bedenken Sie die Grundannahme: Das reine Bewusstsein folgt der Aufmerksamkeit und erzeugt dadurch eine Realität sowie Energie.
- Das wohl wichtigste Kriterium ist die Überzeugung. Wer die Zwei-Punkt-Methode ins Lächerliche zieht oder nicht vollkommen daran glaubt, wird entweder keine oder nur eine sehr schwache Wirkung spüren. Glauben Sie an sich

und an die Quantenheilung, um den größtmöglichen Effekt zu erzielen.

Doch was passiert, wenn Sie alle Ratschläge befolgen sowie die Methode solide durchführen und trotzdem nichts passiert? Im Normalfall werden Sie die Wirkung sehr schnell spüren. Falls es doch nicht funktioniert, haben sich wahrscheinlich kleine Fehler eingeschlichen. Aus dem Grund müssen Sie aber nicht alles Vergessen und die Quantenheilung als Humbug abstempeln, denn auch ein Arzt kann nicht alles nur aus einem Buch oder einem Video erlernen. Weit wichtiger ist ein Vorbild, welches Ihnen die nötigen Schritte genau erklärt und zeigt.
Eventuell haben Sie auch eine große Wirkung erfahren und möchten noch mehr zu dem Thema lernen oder Ihre Fähigkeiten erweitern. Nicht selten beeindruckt die Quantenheilung so stark, dass sich die Anwender zu Heilern ausbilden lassen. Eine tiefe Überzeugung und die Fähigkeiten ermöglichen das Heilen von anderen Leuten, welche nur wenig mit der Methode am Hut haben. In dem Moment, aber auch bei verzweifelten Versuchen ohne Wirkung, ist eine Vertiefung empfehlenswert.

Die Vertiefung der Quantenheilung

Es gibt mehrere Möglichkeiten, wie Sie eine Vertiefung der Quantenheilung erreichen. Welche Variante Sie genau wählen, hängt von Ihren Interessen und Ihrer Überzeugung ab. Erfahren Sie in dem Kapitel vier effiziente Methoden, wie Sie einen tieferen Einblick in das Thema erlangen können.

Das Seminar

Die wohl effizienteste Methode stellt ein Seminar dar, in dem Sie alle wichtigen Grundlagen und die Hintergrundinformationen erfahren. Mit anderen Teilnehmern werden Sie an das Thema herangeführt und mit Demonstrationen von der Quantenheilung überzeugt. Dabei lernt jeder Teilnehmer die exakte Methode genauer kennen, so dass eine effektive Selbsthilfe zu Hause möglich ist. Allfällige Fehler oder falsche Bewegungen korrigiert der Heiler sofort, damit Sie in den eigenen vier Wänden dieselbe Wirkungsweise erfahren.

Gerade die Arbeit mit einem ausgebildeten Heiler und mit anderen Gruppenteilnehmern hat viele Vorteile. Einerseits ist der Heiler selbst ein erfahrener Anwender der Quantenheilung, weshalb er leicht in den Zustand des reinen Bewusstseins gelangt. Mit Hilfe der Spiegelneuronen und des Energiefeldes selbst ist eine intensivere und schnellere Wirkung möglich. Solang der Heiler auch wirklich helfen will, kann er die Kraft und Energie auf Sie übertragen, so dass Ihnen die Anwendung besser gelingt. Andererseits hilft die Gruppe mit, weil eine höhere Energie aufgrund der Verbundenheit zusammenkommt. Wenn Sie die Zwei-Punkt-Methode in einer Gruppe anwenden, so erfolgt eine stärkere Quantenwelle.

Viele Interessierte beginnen erstmals mit einem Seminar und sind dabei dermaßen verblüfft, dass weitere Tage folgen. Die Heiler bieten meist mehrere unterschiedliche Seminare an, so dass Sie wie eine Treppe immer tiefer und tiefer in die Materie eindringen. Für Sie wird das nur positive Effekte nach sich ziehen, weil Sie von einem Profi lernen. Gleichzeitig wird sich der Heiler auch für Ihr spezifisches Problem Zeit nehmen und auch mit Ihnen eine Quantenheilung durchführen. Zusätzlich zum Wissen erfahren Sie also auch eine Transformation.

In Deutschland gibt es mittlerweile diverse Quantenheiler, wobei es auch ganze Schulen und Zentren gibt, die sich dem Thema widmen. Bevor Sie sofort eine Ausbildung zum Quantenheiler machen, ist ein Seminar bestimmt empfehlenswert. Welche Heiler es in Ihrer Umgebung hat, finden Sie ganz einfach im Internet heraus. Beachten Sie dabei unbedingt, dass Sie auf eine Person zurückgreifen, welche Zertifikate und ausreichend Erfahrung in dem Bereich hat. Leider gibt es – wie in jeder Methode – einige Scharlatane, welche sich nicht als Quantenheiler bezeichnen dürften oder nur des Geldes wegen Heilwirkungen versprechen. Nehmen Sie sich für die Auswahl Zeit und kontaktieren Sie unterschiedliche Heiler. Meist erhalten Sie bereits auf der Website Informationen zu bevorstehenden Seminaren und wie viel Sie dafür investieren müssen.

Die Einzelsitzung

Es kann auch gut sein, dass Sie ein wenig schüchtern sind oder lieber eine persönliche Behandlung möchten. Genauso wie zu den Seminaren finden Sie auch Informationen zu Einzelsitzungen von Heilern. Bereits eine Google-Suche reicht aus und Sie werden diverse Heiler in Ihrer Umgebung finden. Auch hier ist es empfehlenswert, die Quantenheiler genau in Augenschein zu nehmen und auf seriöse sowie bekannte Personen zurückzugreifen.
Die Einzelsitzung findet meist in der Praxis statt. Einige Heiler bieten auch Telefonberatungen und Hausbesuche an. In dem Moment müssen Sie selbst wissen, was Ihnen lieber ist. Empfehlenswert ist auf jeden Fall ein persönlicher Termin, um die Methode richtig zu lernen und eine gute Wirkung zu erzielen. Zu Beginn findet ein kurzes Gespräch statt, um allfällige Fragen zu klären. Einerseits möchte der Heiler Sie besser kennenlernen und andererseits können Sie Bedenken oder Anliegen äußern. Im Anschluss erfolgt die Quantenbehandlung, wobei Sie zugleich wertvolle Tipps für eine Durchführung zu Hause erhalten.

Der Vorteil einer Einzelsitzung ist auf jeden Fall, dass sich der Heiler nur Zeit für Sie nimmt. Außerdem haben viele Fachpersonen auch Ausbildungen in anderen Methoden, wobei Ihnen eine ganzheitliche Untersuchung mehr Möglichkeiten bietet. Falls Sie die Quantenheilung im Anschluss zu Hause durchführen möchten und es funktioniert nicht, kennen Sie bereits eine Person des Vertrauens für genauere Instruktionen.

Der Online-Kurs

Wer sich lieber zuerst in der Ferne mit der Quantenheilung beschäftigen möchte, kann sich die Seminare auch als Online-Kurs erwerben. Sie erhalten meist ein ganzes Set mit unterschiedlichen Hörbüchern und DVDs, welche Ihnen sowohl die Methoden als auch wichtige Informationen näher bringen. Der Online-Kurs ist ebenfalls in unterschiedlichen Stufen aufgebaut, so dass Sie am Ende dasselbe Wissen und Können wie bei einem mehrtägigen Seminar haben. Mit dem Unterschied, dass Sie Ihr Tempo, Ihr Lernen und Ihren Einsatz selber bestimmen können. Passende Angebote finden Sie ebenfalls im Internet oder direkt zum Bestellen bei spezifischen Quantenheilern.

Die Bücher

Wenn es Ihnen dagegen eher um die Grundlage, die Annahmen und das Konzept der Quantenheilung geht, so sind die Bücher der jeweiligen Erfinder besonders aufschlussreich. Vielleicht sind Sie weiterhin skeptisch oder interessieren sich vermehrt für die Begründung und nicht die Methode selbst. In dem Moment sind drei Bücher empfehlenswert, welche direkt von den drei Hauptpersonen der Quantenheilung kommen:

- Quantenheilung: Wirkt sofort – und jeder kann es lernen von Frank Kinslow
- Die heilende Kraft: Quantum Healing von Deepak Chopra
- Matrix Energetics: Die Kunst der Transformation von Richard Bartlett

In den jeweiligen Büchern erfahren Sie mehr zu den spezifischen Methoden und Ihnen werden die Grundbausteine der Quantenheilung nochmals genauer erklärt. Bei den drei Autoren handelt es sich um die ersten Anwender, welche wohl am meisten über das Thema wissen. Die Bücher sind vom Englischen übersetzt, damit jeder profitieren kann und den Inhalt sofort versteht.

Die Kritik

Bei der Quantenheilung handelt es sich um eine Methode, welche nicht wissenschaftlich bewiesen ist. Aus dem Grund gibt es – wie bei jeder esoterischen Wirkung – viele Kritiker, welche nicht viel mit der Methode anfangen können. Erfahren Sie die Hauptaussagen der Skeptiker und welche Bedenken selbst die Quantenheiler haben.

Die Hauptaussagen der Skeptiker

Immer wieder melden sich Kritiker zu Wort, welche der Quantenheilung Pseudoversprechen unterstellen. Selbst im Internet gibt es mehr skeptische Beiträge als hilfreiche Informationen, welche für die Quantenheilung sprechen. Aus dem Grund gehören die kritischen Aussagen genauso zur Quantenheilung wie die positiven Äußerungen und Eindrücke.

Die Quantenheilung hat nichts mit der Quantenphysik zu tun

Die Kritiker behaupten, dass die Heiler die Quantenphysik lediglich missbrauchen, um unerklärliche Wirkungsweisen zu legitimieren. Physikalische Wörter werden in der Quantenheilung einfach so verändert und eingesetzt, wie es gerade passt und besser klingt. Mit einer physikalischen Begründung lassen sich nämlich mehr Menschen erreichen, welche Geld für eine scheinbelegte Wirkung bezahlen. Die Quantenphysik mit der größten Prominenz – Albert Einstein- behauptet lediglich, dass es Verbindungen zwischen allen Objekten und Lebewesen gibt. Ob der Mensch diese beeinflussen und besonders wie er das machen kann, lässt sich nicht erklären oder beweisen. Ganz zu schweigen von einer Heilung durch die Verbindung mit der Matrix, denn selbst diese Verbindung oder das reine Bewusstsein ist nicht bewiesen.

Durch das gezielte Lenken der Aufmerksamkeit ist keine Heilung möglich

Die Kritiker fragen sich auch, wie ein Quantenheiler oder Anwender den Zustand des reinen Bewusstseins innerhalb kurzer Zeit erlangen kann, wenn Mönche oder höhere Geistliche dafür ein gesamtes Leben benötigen? Außerdem gibt es keine Beweise dafür, dass durch die gezielte Lenkung der Aufmerksamkeit eine Heilung in Aussicht ist. Selbst die Quantenphysik macht diesbezüglich keine Aussagen. Die Quantenheiler greifen dafür gerne auf das Doppelspaltexperiment zurück, bei dem sich die Teilcheneigenschaften nur aufgrund eines Messinstruments verändert haben. Das bedeutet nicht, dass die Aufmerksamkeit des Menschen – welche kein Messgerät ist – eine Veränderung nach sich zieht. Daraus zu schließen, dass bereits die Aufmerksamkeit eines Menschen ausreicht, um eine Veränderung oder gar eine Heilung zu bewirken, ist an den Haaren herbeigezogen. Und woher soll der Anwender wissen, worauf er seine Aufmerksamkeit lenken soll, wenn der Zustand des reinen Bewusstseins nicht erklärbar und greifbar ist?

Die Quantenheilung ist nur ein Placebo-Effekt

Die meisten Kritiker behaupten, dass die Quantenheilung nur ein Placebo-Effekt ist. Schlussendlich gehen viele Menschen mit einer großen Erwartung ins Seminar und glauben an die Heilwirkung. Aufgrund des starken Glaubens haben sie nach der Anwendung das Gefühl, dass es ihnen besser geht. Vergleichbar mit einem Medikament, welches keinerlei Wirkung hat, aber dennoch aufgrund der guten Meinung zu einem Erfolg führt. Dazu kommt der große Gruppendruck, denn in vielen Videos und auch in Seminaren berichten Menschen von der großen Wirkung, so dass es fast unmöglich ist, nicht daran zu glauben. Selbst die Heiler sind dermaßen von ihrer Methode überzeugt und erzählen von diversen positiven Heilwirkungen, dass die Anwender fast überredet werden, an die Quantenheilung zu glauben. Die menschliche Vernunft schaltet sich in dem Moment aus, denn sie wollen – und können fast nicht anders -, als an die Heilung und die Transformation der Energie zu glauben. Denn wie heißt es so schön: Der Glaube kann Berge versetzen.

Wenn die Quantenheilung nicht wirkt, ist immer das fehlende Vertrauen des Anwenders Schuld

Besonders eine Aussage in der Quantenheilung stört die Kritiker enorm: Wenn keine Heilung eintritt, ist der Anwender nicht genug überzeugt. Das ist natürlich eine sehr gute Erklärung und kann jeden Zweifel abtun, denn auf die Art entsteht keine Garantie der Wirkung. Falls die Quantenheilung funktioniert, können sich die Heiler mit den Lorbeeren schmücken. Versagt die Anwendung dagegen, so hat es nichts mit der Quantenheilung zu tun. Somit können sich die Heiler immer aus der Affäre ziehen, denn gerade weil es sich um ein abstraktes Thema handelt, ist keine Kontrolle oder richtige Durchführung möglich. Im Endeffekt kann niemand sagen, ob jemand ausreichend daran geglaubt hat oder ob die Methode wirklich nichts nützt.

Quantenheilung ist reine Verkaufsstrategie

Eine beliebte Aussage der Kritiker: Die Quantenheiler sind nicht die ersten Quacksalber, welche die Menschen für dumm verkaufen und Ihnen etwas versprechen, um daran zu verdienen. Gerade der Slogan „Wirkt sofort – und jeder kann es lernen“ ist eine perfekte Verkaufsstrategie, auf die vermehrt weibliche Personen ab einem Alter von 40 Jahren hereinfallen. Die Heiler versprechen eine Lösung für alles und das innerhalb kurzer Zeit. Weil die Quantenheilung viele abstrakte Themen beinhaltet und selbst das reine Bewusstsein nicht beschreibbar ist, müssen sie lediglich durch eine gute Sprachkunst die Anwender überreden. Wer einmal darin gefangen ist und daran glaubt, wird immer eine Veränderung verspüren, selbst wenn es nur ein ganz natürlicher Muskelkrampf ist. Die Heiler selbst reiben sich die Hände und lachen die Leute aus, welche an ihren Unsinn glauben. Viele Alternativmediziner werden durch den Leichtglauben der Leute reich und zwar gänzlich ohne eine Wirkung zu erzielen.

Die Skeptiker unter den Quantenheilern

Doch nicht nur dahergelaufene Kritiker äußern sich skeptisch gegenüber einigen Heilern, auch gewisse Quantenheiler selbst machen die Anwender auf Missstände aufmerksam. An der Stelle gibt es wohl keine verlässlichere Kritik als die bedenklichen Aussagen eines Betroffenen.

Einige Quantenheiler erreichen Heilwirkungen durch geschickte Sprachhypnose

Wenn ein Quantenheiler bereits vor der Anwendung erklärt, was genau geschehen wird, löst das Erwartungshaltungen aus. Aus dem Grund werden die meisten Anwender bewusst oder unbewusst die Reaktion zeigen, welche ihnen zuvor erklärt wurde. Somit handelt es sich um einen Placebo-Effekt, welcher nur aufgrund von einer geschickten Sprache ausgelöst wird. Ein Beispiel dazu ist die Wirkung, denn hat ein Anwender Schmerzen am Rücken und der Heiler verspricht – bevor etwas getan wurde –, dass die Schmerzen danach weg sind, wird das auch eintreffen. Der Glaube, die Beeinflussung und die bereits erklärte Wirkung führen zu dem gewünschten Effekt.

Bei dem typischen Schwanken üben einige Heiler Kraft aus

In Videos oder auch an Seminaren demonstrieren die Heiler immer wieder, dass die Anwender bei der Zwei-Punkt-Methode ins Schwanken kommen. Bei einigen Arten kippen die Anwender sogar regelrecht um, weil sich das Energiefeld neu ausrichtet oder lädt. Mittlerweile gehören diese Effekte bereits zur Erwartungshaltung. Passiert nämlich nichts, glauben die Anwender oder Teilnehmer, dass die Methode nicht funktioniert. Aus dem Grund schubsen einige Heiler die Anwender regelrecht, damit das Schwanken oder Umfallen auch wirklich passiert. Dabei geht es nur um den Showeffekt, die Anerkennung und Bewunderung der Teilnehmer. Denn eigentlich können die Reaktionen ganz unterschiedlich ausfallen wie beispielsweise ein intensives Schwitzen, ein Lachen oder eben ein Schwanken.

Der Gruppenzwang und die Suggestionen lösen Reaktionen aus

Besonders in Seminaren hilft der Gruppendruck den Heilern extrem. Sind nämlich bereits drei Teilnehmer umgefallen, so wird auch der vierte Teilnehmer umfallen. Ganz egal, ob es bewusst oder unbewusst passiert. Die Angst vor einer Ablehnung ist zu groß und aus dem Grund „spielen" alle mit. Ähnlich verhält es sich mit Schmerzen. Wenn nämlich alle Vorgänger plötzlich ein schmerzfreies Leben führen, möchte niemand aus der Reihe tanzen. Daher kommt es niemals zu einer Situation, bei der jemand sagt: „Bei mir ist nichts passiert."

Aber nicht nur die Gruppe hat eine Dynamik, auch der Heiler selbst kann Reaktionen auslösen, welche eigentlich nicht vorhanden sind. Ganz nach dem Schema: Denken Sie nicht an einen rosaroten Elefanten. Wenn der Heiler nämlich Sätze wie: „Spüren Sie die Wärme?" oder „Merken Sie, wie der Schmerz nachlässt?" von sich gibt, ist es klar, dass eine Wärme oder das Nachlassen des Schmerzes auftreten. Weil es sich bei einem Heiler zusätzlich um eine Autoritätsperson handelt, treten solche Effekte noch schneller und stärker ein.

An der Stelle ist es nicht nötig, näher auf diese Kommentare und Kritiken einzugehen. Es geht nicht darum, eine Position zu beziehen. Die Kritiken gehören genauso dazu und sollen eine andere Ansichtsweise aufzeigen. Entscheiden Sie selbst, was Sie von der

Methode halten und ob Sie sich darauf einlassen möchten oder doch an den Versprechen zweifeln. Handelt es sich um eine ernstzunehmende Alternative zur westlichen Medizin oder sind es tatsächlich nur Pseudoversprechen, an denen viele sogenannte Heiler Geld verdienen?

Das Fazit

Die Quantenheilung ist eine Methode, um in einen anderen Bewusstseinszustand zu gelangen. Das Wort „Heilung“ ist dabei eigentlich fehlplatziert, denn die Heilung selbst ist eher die Nebenwirkung der Methode. Schlussendlich sollte die Heilung nicht an vorderster Stelle stehen, sondern das Körper- und Geistgefühl zu stärken. Erst durch das Erreichen einer anderen Bewusstheit oder eines Bewusstseins ist die Transformation der Energie möglich. Dabei greift die Begründung auf die Erkenntnisse der Quantenphysik zurück

Die Quantenheilung und Quantenphysik

In der Quantenphysik kam zum Vorschein, dass alles miteinander verbunden ist. Albert Einstein prägte das Wort „Feld“, welches in der Quantenheilung auch als Matrix oder Quantenfeld bezeichnet wird. Im Grunde handelt es sich um eine Energie, welche als Grundbauplan fungiert. Alle Objekte und Lebewesen sind darauf aufgebaut und können nur dank dieser Energie existieren.

Bei dem Doppelspaltexperiment hat sich gezeigt, dass genau diese Energien – oder Quanten – ihre Charaktereigenschaften verändern, wenn sie die volle Aufmerksamkeit erhalten. Weshalb das so ist und wie das sein kann, können sich selbst die Physiker nicht

erklären. Zusätzlich haben sich bei dem Experiment auch die Lichtteilchen verändert, welche nicht direkt unter Beobachtung standen und welche die nicht gemessene Spalte passierten. Konnten die Teilchen also miteinander kommunizieren und sich gegenseitig vor der erhöhten Aufmerksamkeit warnen?
Ein ähnliches Phänomen kam beim Pflanzenexperiment von Cleve Backster heraus. Der Drachenbaum reagierte bereits vor dem Abbrennen eines Blatts, obwohl die Idee erst in den Gedanken des Lügendetektorspezialisten war. Können also auch die Pflanzen auf diese Energie zurückgreifen und sich mit nötigen Informationen eindecken? Um an der Stelle fair zu bleiben, muss auch erwähnt werden, dass das Experiment niemals belegt wurde. Sobald Backster das Experiment mit der Anwesenheit von weiteren Spezialisten durchführen wollte, zeigten die Pflanzen keinerlei Reaktionen. Aufgrund dessen wurde er auch nie ernst genommen und viele sprachen von Einbildung. Kann es aber nicht sein, dass die Pflanzen genauso wie die Lichtteilchen wussten, dass sie vermehrt unter Beobachtung standen?

Die Quantenheilung

Die Quantenheilung stützt sich auf diesen Erkenntnissen und behauptet, dass die Transformation der inneren Energie zu einem Wohlgefühl führt. Mit Hilfe des Überbewusstseins gelangt der Anwender in den Zustand des reinen Bewusstseins, welcher sich als Leere ohne Gedanken und ohne Probleme erklären lässt.

Genauso wie die Pflanzen oder die Lichtteilchen kann der Anwender durch das Erzeugen eines eigenen Energiefeldes mit den Händen in diesem Zustand eine Quantenwelle aussenden, welche alle fehlerhaften, zerstörten oder lückenhaften Strukturen der Matrix ins Lot bringt. Mit Hilfe dieser Welle wird das gesamte Energiefeld transformiert, ausgerichtet und positiv verändert.
Diese Energie und Verbundenheit ist für alle Probleme verantwortlich. Jede Faser des Menschen besteht im Grunde nämlich aus Atomen, welche wiederum aus Quanten zusammengesetzt sind. In dem Sinne existiert jedes Lebewesen aus Licht, Energie, Informationen oder Resonanzen. In der Quantenheilung packt der Anwender das Problem in der kleinsten Einheit und somit direkt im Ursprung an. Daher funktioniert die Quantenheilung in einem extremen Tempo und vollkommen ohne Nebenwirkungen. Auf die Weise lassen sich Probleme, Störungen, Blockaden und Krankheiten auf jeder Ebene anpacken. Egal, ob es sich um Krebs, eine Depression, eine Nervenkrankheit oder finanzielle Probleme handelt. Nach der Behandlung fühlt sich jeder ausgeglichen, glücklich und entspannt. Je nach Intensität der Beschwerde verschwinden die Symptome bereits nach ein bis drei Tagen.

Die alten Weisheitslehren

Die Zwei-Punkt-Methode gilt als Ursprungs- und Hauptmethode, welche im Laufe der Zeit von unterschiedlichen Heilern abgeändert und weiter-

entwickelt wurde. Aus dem Grund gibt es heute diverse Arten von Quantenheilung, welche für eine bessere Unterscheidung mit differenzierten Namen wie Matrix Entrainment oder Ur-Matrix daherkommen. Trotzdem handelt es sich bei jeder Art um die Zwei-Punkt-Methode und die Idee dahinter ist die Transformation des Energiefeldes. Dabei ist die Quantenheilung keine Neuzeiterscheinung.
Bereits vor vielen Jahrhunderten hat sich die Menschheit mit dem Energiefeld beschäftigt. Im Hinduismus, Buddhismus und Huna kamen die Gelehrten zur Erkenntnis, dass die Energien im Körper essentiell sind. Erst durch die Energieheilung ist die Gesundheit gegeben, wobei die Aufmerksamkeit eine große Rolle spielt. Der Mensch kann seine Realität selbst formen, indem er sie sich vorstellt.
Deepak Chopra hat sich in der Vergangenheit intensiv mit den indischen Schriften auseinandergesetzt und daraufhin die Quantenheilung gegründet. Zwei weitere, wichtige Persönlichkeiten sind Richard Bartlett und Frank Kinslow, welche mit ihren Methoden große Erfolge erzielen konnten. Die drei Charaktere bilden die Gründer der Quantenheilung und konnten mittlerweile eine große Anhängerschaft aufbauen, welche von der Methode überzeugt ist.

Die Skeptiker

Doch so viele Menschen von der Quantenheilung überzeugt sind, so viele Kritiker gibt es. Immer wieder kommen Begriffe wie Placebo-Effekt, Pseudoversprechen, Scharlatanerie und Verkaufsstrategie zur Sprache. Skeptiker glauben, dass die Quantenheiler die Menschen für dumm verkaufen und mit extremen Heilversprechen Geld verdienen. Besonders gefährlich wird es, wenn sie selbst eine Heilung von Krebs oder anderen tödlichen Krankheiten versprechen. In dem Moment kommt es den Heilern gelegen, dass sich jegliche Wirkungslosigkeit mit einem Nichtglauben begründen lässt. Die Erklärungen aus der Quantenphysik überzeugen nur die wenigsten Kritiker und gerade Quantenphysiker können nur den Kopf schütteln. Selbst Mediziner raten von der Quantenheilung ab, denn eine sichere Wirkung konnte bis heute nicht bewiesen werden. Ist also alles, was nicht beweisbar ist, automatisch falsch? War es nicht so, dass die Menschheit lange gedacht hat, dass die Welt eine Scheibe und nicht eine Kugel ist? Bis zu dem Beweis gab es bestimmt auch Leute, welche von einer Kugel sprachen und von Kritikern als verrückt dargestellt wurden?

Einige abschließende Fragen

Wohl keine andere Heilmethode spaltet die Menschheit derart entzwei wie die Quantenheilung. Es entstehen Fragen über Fragen und dennoch weiß niemand eine Antwort. Wenn doch ein Heiler die passende Antwort bereithält, ist sie dermaßen weit hergeholt, ungreifbar oder unverständlich, dass sie vielen Menschen nicht genügt. Schlussendlich lässt sich alles damit erklären, dass die Ursache in einem Zustand oder einer Energie steckt, welche nicht wahrnehmbar ist und dennoch existiert.

Handelt es sich bei der Quantenheilung also um eine verlässliche Heilmethode oder liegt nur der Placebo-Effekt zugrunde? Wenn dem so ist, wäre das so tragisch? Geht es im Grunde nicht darum, gesund zu sein, egal wie Sie das erreichen? Ist es wirklich so, dass die Heiler Scharlatanerie betreiben oder möchten sie den Menschen aus tiefstem Herzen helfen? Kann die Quantenheilung Krebs heilen und die DNA verändern? Gibt es dieses Energiefeld tatsächlich und ist ein Informationsaustausch oder eine Transformation möglich? Handelt es sich nicht um geschickte Sprachmuster, welche auf der Basis von Neuro-Linguistischen-Programmen funktionieren?

Leider haben Sie bereits das Ende des Buches erreicht, denn Antworten auf alle Fragen dürfen Sie leider nicht erwarten. Wenn Sie wirklich Antworten suchen, sollten Sie in den Zustand des reinen Bewusstseins gehen, an der Stelle werden Sie nämlich alle benötigten Informationen finden.

Impressum

1. Auflage

 Herausgeber, Lektorat und Cover: B.Badek, Carl-Isenmann-Straße 5, 77723 Gengenbach, Coverfoto: depositphotos.com.
Sämtliche, hier dargestellten Inhalte, dienen somit ausschließlich der neutralen Information. Sie stellen keinerlei Empfehlung oder Bewerbung der beschriebenen oder erwähnten diagnostischen Behandlungsweisen oder Arzneimittel dar. Dieses Buch erhebt weder einen Anspruch auf Vollständigkeit noch kann die Aktualität und Richtigkeit der hier dargebotenen Information garantiert werden. Dieses Buch ersetzt keinesfalls die fachliche Beratung durch einen Arzt oder Apotheker und er darf nicht als Grundlage zur eigenständigen Diagnose verwendet werden. Ebenso ist bei Beginn einer Behandlung mit den beschriebenen Wirkstoffen auf jeden Fall vorher ein Arzt zu Rate zu ziehen. Die Autorin und die Herausgeber übernehmen keine Haftung für Unannehmlichkeiten oder Schäden, die sich aus der Anwendung der hier dargestellten Information ergeben

Printed in Poland
by Amazon Fulfillment
Poland Sp. z o.o., Wrocław

58455328R00045